D0613514

Climas de nuestra nación

Lada Josefa Kratky

NATIONAL GEOGRAPHIC LEARNING | CENGAGE Learning®

Además de tener gran diversidad de personas de todo el mundo, Estados Unidos abarca una inmensa variedad de climas. Vamos a aprender más acerca de algunos de estos climas.

Hacia el oeste, el clima se vuelv semiárido, que quiere decir que no cae mucha lluvia. ▼

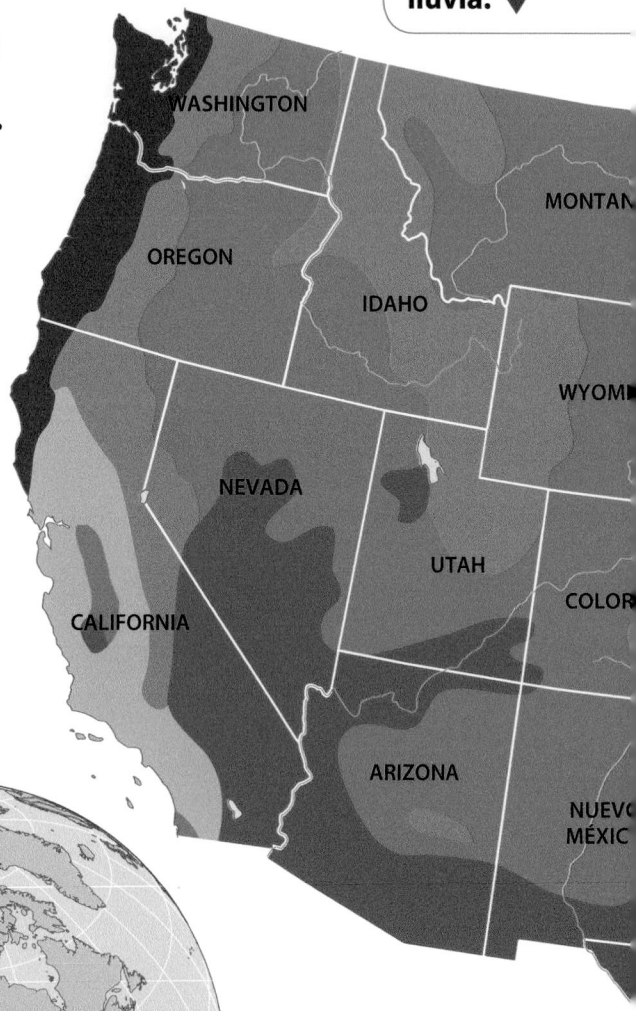

En la costa del Pacífico, al oeste de las montañas, hay zonas de clima mediterráneo y zonas de clima marítimo. ▶

Al norte está Alaska, que pertenece a la zona ártica. ▼

Al oeste, en medio del océano Pacífico, están las islas de Hawaii, de clima tropical. ▶

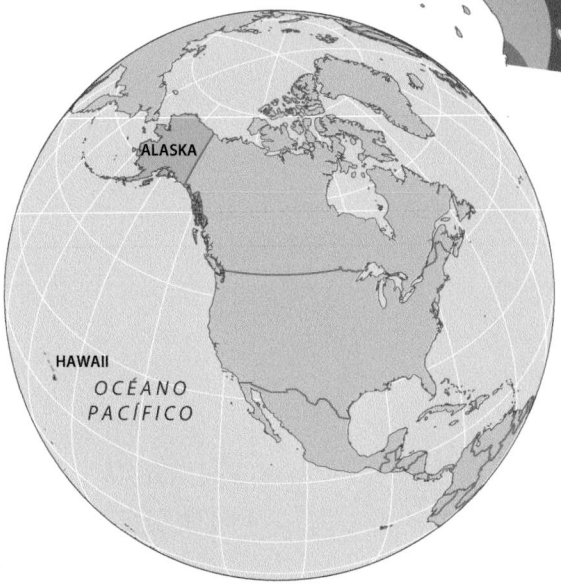

▲ **En el suroeste se encuentra la zona de desiertos.**

Climas de Estados Unidos
Tropical
Desierto
Semiárido
Mediterráneo
Subtropical húmedo
Marítimo
Continental húmedo
Ártico
Montañoso
NORTH DAKOTA
SOUTH DAKOTA
MINNESOTA
WISCONSIN
MICHIGAN
VERMONT
MAINE
NEW YORK
NEW HAMPSHIRE
MASSACHUSETTS
RHODE ISLAND
CONNECTICUT
NEBRASKA
IOWA
PENNSYLVANIA
OHIO
NEW JERSEY
INDIANA
ILLINOIS
DELAWARE
MARYLAND
WEST VIRGINIA
KANSAS
MISSOURI
VIRGINIA
KENTUCKY
NORTH CAROLINA
TENNESSEE
OKLAHOMA
ARKANSAS
SOUTH CAROLINA
MISSISSIPPI
ALABAMA
GEORGIA
LOUISIANA
TEXAS
FLORIDA
La zona este del país tiene clima húmedo.
Hay una pequeña zona tropical en el extremo sur de la Florida.

Alaska es el único estado de Estados Unidos que tiene clima ártico. El monte McKinley, el pico más alto de Norteamérica, se halla en Alaska.
ALASKA
Monte McKinley
20,000 pies (6,000 metros)

En la zona ártica, los inviernos son largos y los veranos cortos. Viven allí osos polares y focas, además de caribús, pequeños roedores y una gran variedad de pájaros. Por lo general en la zona ártica cae mucha nieve durante el invierno.

Este es el territorio de los inuit. En tiempos pasados, los inuit vivían durante el invierno en casas llamadas iglús, hechas de bloques de nieve. Usaban trineos tirados por perros para viajar sobre el hielo. En el agua, usaban kayaks, botes angostos hechos de madera y pieles de animales como renos o focas. Algunos inuit aún los usan.

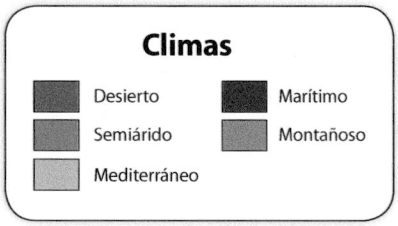

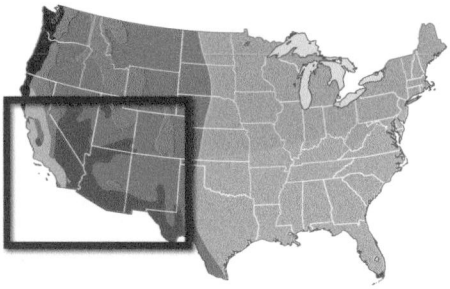

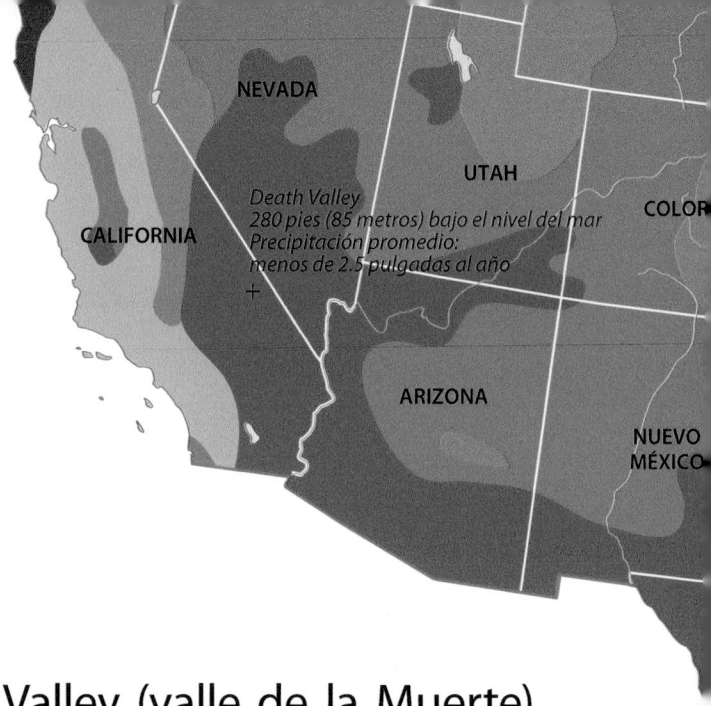

Dicen que Death Valley (valle de la Muerte) es el lugar más caluroso del mundo y el lugar más seco de Norteamérica. Está en un desierto. En el verano sufre los extremos más agudos. Sin embargo, los inviernos y la primavera son bastante agradables.

Normalmente, en los desiertos cae muy poca lluvia. Ha habido años durante los cuales no llovió ni una gota en Death Valley. Pero un año llovió tanto que las lomas se cubrieron de lupinos azules y amapolas anaranjadas en la primavera.

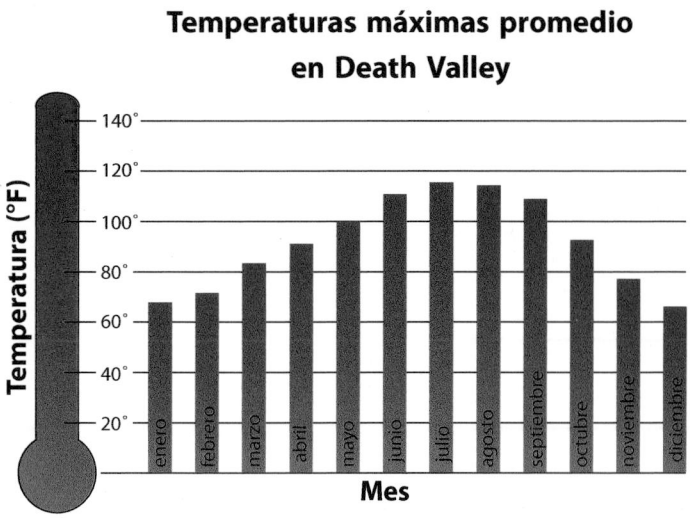

A pesar del calor y la sequía, aquí hay 51 especies de mamíferos, la oveja llamada *bighorn* (cuernos grandes) siendo la más grande.

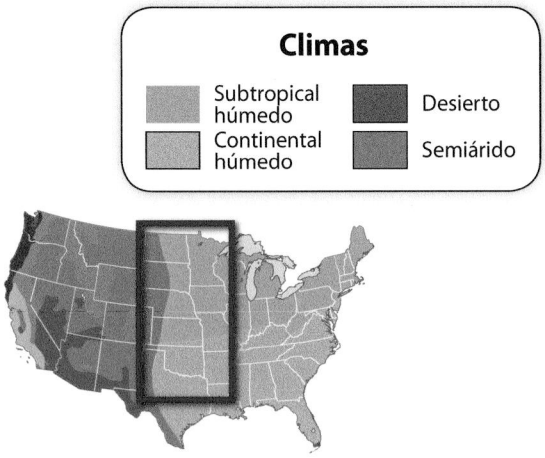

Por el centro del país se extiende una zona de grandes llanuras. En la parte este de esta zona, el clima es húmedo. Hacia la parte oeste, se vuelve semiárido. En el pasado, por aquí pastaban enormes manadas de bisontes o búfalos.

Hoy día estas llanuras se usan para ganadería y agricultura. Se cultivan principalmente el trigo y el maíz. Todavía quedan algunos búfalos salvajes, pero hay muchos menos que antes.

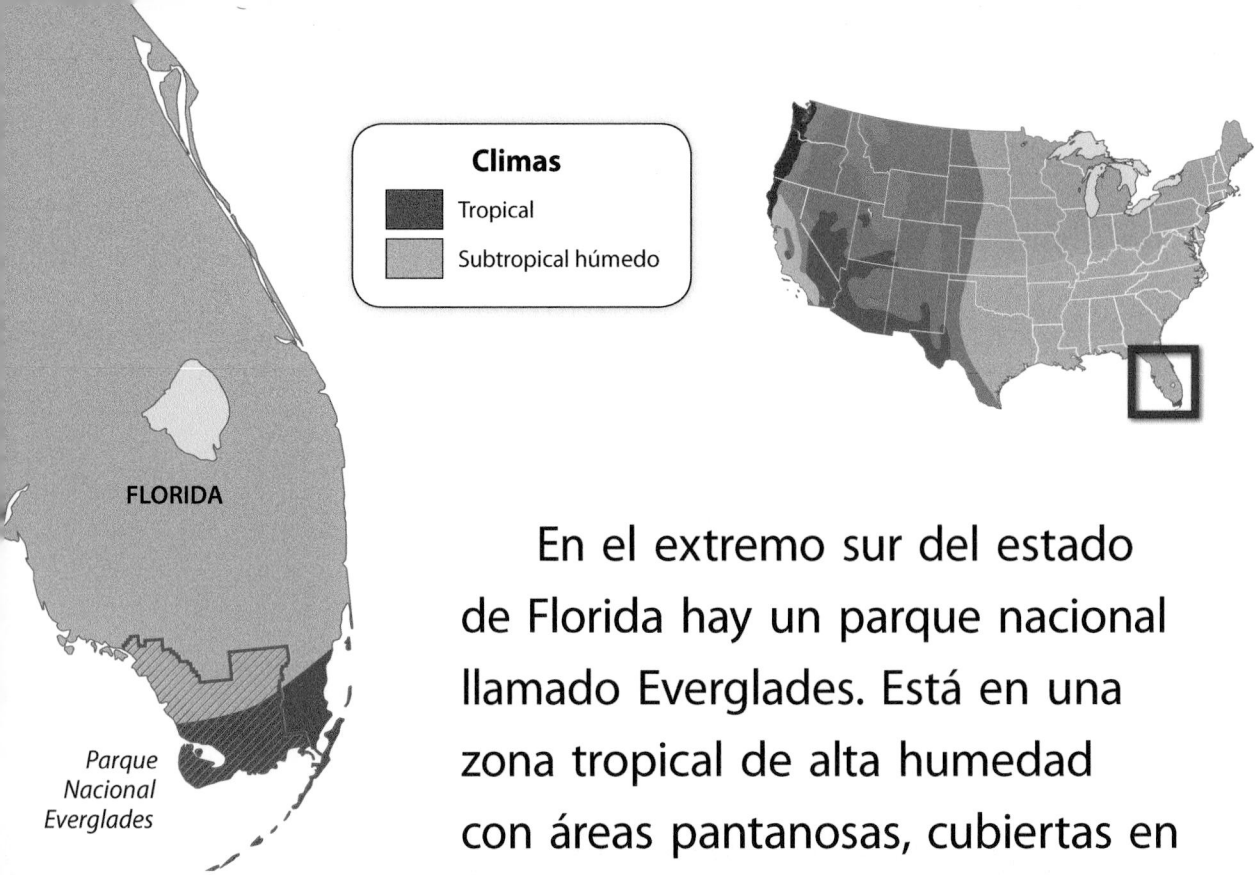

En el extremo sur del estado de Florida hay un parque nacional llamado Everglades. Está en una zona tropical de alta humedad con áreas pantanosas, cubiertas en algunas partes con agua dulce, en otras partes con agua salada.

Este parque fue creado para proteger la gran variedad de plantas y animales de la zona. Aquí se encuentran el manatí, la pantera de Florida y el cocodrilo americano, entre muchos otros animales.

Cada región del país contribuye a la riqueza geográfica de esta gran nación en que vivimos. ¿Cómo es el clima donde vives tú? ¿Qué animales u otras cosas especiales tiene tu zona?

Glosario

agua dulce *n.f.* agua que no proviene del mar. *Los exploradores buscaban desesperadamente un río, un lago u otra fuente de* ***agua dulce****.*

agua salada *n.f.* agua que proviene del mar. *El* ***agua salada*** *hace que se oxiden los botes con casco de metal.*

diversidad *n.f.* variedad, gran cantidad de cosas distintas. *En esta tienda se vende gran* ***diversidad*** *de aparatos de cocina.*

llanura *n.f.* extensión de terreno llano, sin lomas ni montañas. *En las* ***llanuras*** *se puede ver muy lejos.*

marítimo *adj.* se refiere a climas con temperaturas moderadas y bastante lluvia durante todo el año. *La gente de la ciudad de Seattle siempre lleva impermeable porque vive en un clima* ***marítimo****.*

mediterráneo *adj.* se refiere a climas con temperaturas moderadas todo el año y veranos sin lluvia. *En muchos climas de tipo* ***mediterráneo****, no nieva nunca en invierno.*

pantanoso *adj.* se refiere a terrenos donde el suelo está saturado de agua, con charcos y ciénagas. *Los cocodrilos se hallan con frecuencia en terrenos* ***pantanosos****.*